Michele Messina

Simo Is Back

ROMANZO

A te

Prefazione

Michele Messina ama così tanto leggere e così tanto scrivere che quando scrive sembra che legga e quando legge sembra che scriva. Non è solo un gioco di parole. Sono parole e giochi che esulano dai codici classici. La penna di Michele, per usare il gergo di noi Pigafetta antichi, è un periscopio puntato sul mondo, ma attenzione: non il mondo che ci attrae perché lontano, perché grande, perché "tutto". Non quello dei tg. Quell'altro: il paese che è tutto il mondo - preso, pari pari, dal vecchio proverbio rovesciato: tutto il mondo è paese - la vita che gli (e ci) pulsa attorno, un po' immaginata e un po' sopportata, in base al fabbisogno dei "fabbi-sogni" - provo a scimmiottarne lo slang - che ognuno di noi denuncia alla dogana dell'insofferenza. Libri come *Salvate noi, non le balene* e *Il nipote di Rivera* fanno parte del filone di letteratura spontanea che fin qui ha scortato ed eccitato l'autore, vite che spingono altre vite a salire su giostre di passioni, anche calcistiche, soprattutto calcistiche, dalle quali scendere non è facile: e poi, scusate, perché scendere?

Con *Simo is back*, Messina esce dai sentieri della "sua" tradizione per affrontare, il pc come una piccozza, i crepacci e le rocce della quotidianità tutta Internet e tutta social. Il rischio di precipitare e sfracellarsi nel banale è concreto, minaccioso. Per evitarlo, Michele si corazza con il lessico dei ragazzi moderni, l'esperanto del web, conciso ed esclamativo, mezzo inglese e mezzo dialetto: al diavolo le convenzioni letterarie, il galateo sintattico, la forma. E così sia.

Simo è un adolescente che frequenta la seconda dello scientifico e si confronta spesso con un amico, Gae, un amico speciale, specialissimo. Non solo perché frutto della fantasia. Molto di più: perché l'amico è Gaetano Scirea, l'indimenticato e indimenticabile Gai, signor giocatore e giocatore signore, "libero" della Juventus e della Nazionale. Lo stile è snello, rapido. Sono 75 pagine che si leggono al volo. Si tratta di un diario che coinvolge le avventure e i turbamenti del giovane Simo, e segue il calendario dell'anno scolastico, fino alle vacanze estive in Calabria a casa di parenti. Non manca un amore strano e strambo per una ragazza misteriosa scovata in rete, "Lu95". I rapporti - a volte bruschi, a volte ambigui - avvengono su Facebook, agorà che aiuta a scoprirsi ma non sempre a capirsi.

Troverete, "tradotti" con il vocabolario che la velocità dei tempi suggerisce, le emozioni e i sentimenti che, da sempre, accompagnano la routine delle famiglie, il tran tran della provincia, la mamma che vuole andare a Rimini, il papà che vive nel culto della Ferrari, e a esso tutto riduce,
tutti imprigiona, il figlio che spasima per la Juventus (una Juventus minore, all'epoca) e poi le prof-streghe che rompono e vorrebbero interrogare senza preavviso, le gite scolastiche, il traffico di cellulari in aula, quei casini che segnano, come asterischi, le pulsioni del branco.

È un ritratto in un interno a rimorchio del Terzo Millennio e delle sue risorse, delle sue tentazioni, dei suoi confini in perenne e spasmodico bilico fra reale e virtuale, tanto che, in fin dei conti, sia alle facce sia alle faccine sta bene e fa comodo che si proceda per "Slurp! Che sfigato! Ciao ke fai?"

Un diario non finisce mai e, dunque, non troverete quello che, nei romanzi o nei film, si chiama epilogo. Il diario continua anche dopo l'ultima parola, dopo l'ultimo punto. Solo che, alla luce di tutto quello che l'autore ha fatto per voi, sarete voi a dover fare qualcosa per lui, immaginando le mosse che farebbe, o vi piacerebbe che facesse. "Era on e poi era off" potrebbe essere la sintesi, chirurgica ma innocua, di un testo che la casa editrice Writers Editor ha decorato con una dozzina di disegni. *Simo is back* può essere considerato un piccolo prontuario di comunicazione giovanile, oltre che un viaggio dentro ragazze e ragazzi che Santa Tecnologia, patrona di tutte le tirannie, isola e unisce, ora muro ora ponte. Si finisce per parlare di più con chi immagini e di meno con chi, dai tuoi "vecchi" in giù, tocchi.

Parafrasando Rossana Rossanda, da "ragazzo del secolo scorso" mi sono divertito molto a leggere le righe-pallottola di Michele Messina. «Non ho amici», si schermisce Simo. Invece ne ha. Sono sparsi, sono leggeri o pesanti in base alle esigenze e alle emergenze. Però ci sono. Non si vedono, a volte, ma ci sono.

Corrono e scorrono gli anni più delicati, più formativi, più informativi. È una bella sfida. E se come confidente segreto si è scelto Gae, nulla può far paura. Nemmeno il dolore. Nemmeno le ferite dei silenzi civettuoli di "Lu95". Che nel Novecento sarebbe stata una targa enel Duemila è invece un cuore che forse palpita o forse finge, ma di sicuro fa palpitare.

ROBERTO BECCANTINI

20 ottobre

"Sto palleggiando: uno, due, tre e quattro".
Sono felice, xché anche questa notte ho sognato Gaetano. Mi alzo quando mancano venti minuti alle sette, vado al bagno e poi prendo la pallina da tennis e inizio a palleggiare.
Non ho amici, cmq frequento la seconda classe sezione A del Liceo Scientifico "Alessandro Manzoni". In classe siamo ventiquattro, quasi tutte ganze, noi maschi non siamo più di una dozzina. Ho tanti conoscenti nell'istituto. Le raga' sono un po' antipatiche, specialmente Katia e Mary, che siedono al terzo banco. Sono come dice mio cugino Francesco, che frequenta l'ultimo anno, della serie "Ce l'hai solo tu!".

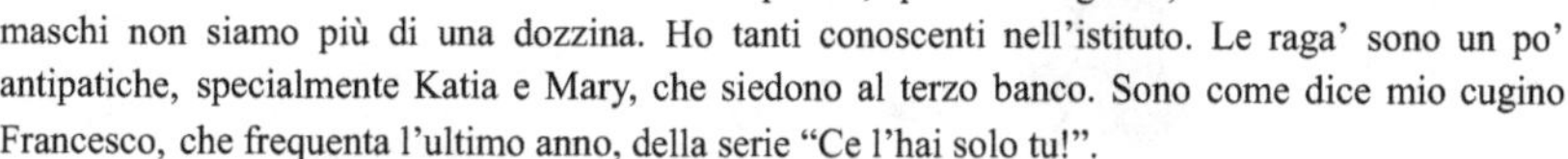

Alla ricreazione non vado nel corridoio a girare come una trottola, mi fermo in classe e mangio in pochi secondi le mie cinque barrette Kinder al latte. Mi piace tanto la cioccolata che si scioglie in bocca e poi assaporo il gusto del latte, ma non devo esagerare altrimenti ne va del mio peso forma. Sono alto un metro e settanta, quindi dovrei pesare 70 kg. Vorrei essere alto 1,78 come Gae. Ma crescerò, certamente crescerò, giuro che crescerò. Devo stare attento, molto attento xché non voglio che il mio volto si riempia di brufoli. Ho già il naso a patata e i capelli crespi e neri. Li odiooooooooooo! Vorrei tagliarmeli a zero. Rapato, sì, come Fabri Fibra o Feder. O come Chiello, ma lui è pelato.
Voglio diventare un grande giocatore di calcio come Gaetano. Mi appare in sogno tutte le notti con il suo sorriso buono. Come ho visto su quella foto su *Il Guerin Sportivo* del mese scorso, che Luca mi ha prestato. Avevo chiesto i soldi al mio papà x comprarlo, ma lui mi ha portato *Quattroruote* con la foto in copertina di Alonso sulla Ferrari.

Papà non mi vuole portare a vedere le partite della Juve, ma vorrebbe che andassi con lui a vedere la Ferrari a Fiorano o Valentino Rossi Rossi al Mugello, ma non mi piacciono le macchine né le moto. Le odio!
A me piace solo giocare a calcio, come mi ha detto Gae e stanotte quando mi apparirà in sogno glielo dirò. Ora ti devo lasciare xché mi chiamano per andare a comprare un paio di jeans.

21 ottobre

"Sto palleggiando: cinque, sei, sette e otto".
Sono poco sereno, sul cell mi è arrivato un sms di Frank che mi chiede se voglio andare a casa sua a vedere un film. Gli ho detto di sì xché il mio papà è in casa e quando c'è lui alla tele si vedono solo le prove del gran premio. Il film era *Un weekend da bamboccioni*, l'aveva scaricato ieri sera suo fratello, mi è piaciuto tanto la storia dei cinque amici campioni di basket, che tornano dopo 30 anni per ricordare la morte del loro coach e così scoprono i loro difetti. Crescere non è una bella cosa e io quando sarò un campione non dimenticherò mai il mio amico Gae, mai e poi mai, lo giuro sui miei goal segnati!
Stasera vado a letto presto. Domani devo essere in forma, abbiamo la sfida contro la seconda B e ci tengo tanto a vincerla.C'è Fede, quel ragazzo odioso che gioca con la maglia dell'Inter e parla sempre della Champions vinta e mi chiama sempre: "Sfigato!". Lui è stato con il padre a Madrid e ha visto la partita. Io, invece, non riesco ad andare a vedere la Juve a Bologna, xché il mio papà non ama il calcio e mia mamma da solo non mi lascia andare, dice che posso incontrare dei tipi come quello alla televisione, che tagliava la rete prima della partita dell'Italia.
Che sfiga, meno male che posso ascoltare *Vip in trip* del grande Fabri Fibra.
Mi piace tanto il balletto con la bottiglia di birra tra Berlusconi e Bossi. La devo fare ascoltare a Gae stanotte, quando tutti dormono e parliamo solo noi due nella mia stanza.

24 ottobre

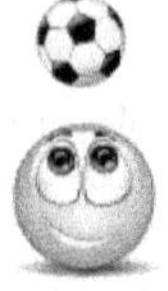

"Sto palleggiando: nove, dieci, undici e dodici".
Oggi a scuola non ero messo bene. La prof mi ha interrogato a sorpresa sulla perifrastica attiva e io ho sbagliato a coniugare il verbo, allora avvicinandosi gli occhiali neri sui capelli biondi tinti, mi ha detto: "Tacco non va proprio bene, ti rendi conto che stai peggiorando?".
Ho solo abbassato lo sguardo e ho pensato a quello che tu mi hai detto l'altra notte: "Bisogna sempre studiare per migliorare se stessi e gli altri". Prometto di studiare un'ora al giorno in più, ma il latino mi è proprio ostico, ahahahah, qualcuno mi salvi, davvero non riesco a capire xché il soggetto va sempre alla fine della frase e non all'inizio. Eiiii farò di tutto per guadagnare la sufficienza, non voglio avere un debito da recuperare per tutta l'estate. Ovvvioooo ahahahah!
Hanno squalificato per due giornate Milos Krasic, che sfiga... sono triste perché non giocherà sabato con il Milan, ma Gae mi ha detto che è giusto perché non bisogna simulare nell'area di rigore avversaria, lui non l'ha fatto mai e anch'io non lo farò mai e poi mai!

matteo

3 novembre

"Sto palleggiando: tredici, quattordici, quindici e sedici."

Caro Gaetano, la festa di Halloween è stato un disastro completo. Sabato sera volevo vedere la Juve alla tv contro il Milan, ma verso le cinque è arrivato papà che ha bussato alla porta della mia cameretta, stavo leggendo il primo numero di *Assedio*[1] ed ero proprio nella pagina nella quale Volstagg fa esplodere, ingannato da Loki, il campo militare di Chicago con migliaia di morti. Lui mi ha chiesto: "Dolcetto o scherzetto?", ho guardato la tua foto che ho sulla libreria, ma tu mi hai tradito non rispondendomi. Senza farmi dire una sola parola, mi ha portato di peso al piano di sotto e poi mi ha scaraventato in macchina.

Caro Gae, mi sono trovato alla festa di mia cugina Asia, vestito come Freddy Krugger, a vedere ballare tanti ragazzi che non conoscevo. Uffa!!!, Ho passato tre ore seduto su una sedia con in mano un bicchiere pieno di coca... non era proprio coca, me l'aveva dato Billy, il moroso del momento di Alex. Mi sentivo perso senza *PES*. Lui mi ha detto di berlo perché faceva figo, allora l'ho bevuto tutto di un sorso: aveva un bel sapore, meno gassato del solito e subito dopo ne ho bevuto un altro e ancora un altro.

Ero seduto alla sedia con il mondo che mi girava e ridevo. Dall'altra parte della sala avevo una ragazza seduta: non era carina, la chiamano "Wilkipedia" xché sa tutto e in classe prende sempre otto. Mi sono fatto coraggio anche perché Billy e i suoi amici mi avevano detto che ero incollato alla sedia e facevo ormai parte del mobilio di casa. Mi sono diretto verso di lei. La ragazza mi ha guardato spaventata, però dopo qualche sorriso mi ha detto di sì, ma appena si è alzata ho avuto un sussulto dallo stomaco e le ho vomitato sul vestito bianco i panini ripieni di salame con la maionese e le pizzette che avevo mangiato poco prima.

Mi sa che ora mi odia.

Ahahahah qualcuno mi salvi!

[1] Miniserie Marvel di quattro numeri, che vede come protagonisti Thor, Norman Osborn (alias Goblin) e Loki per la conquista di Asgard, situata in Oklahoma, negli Stati Uniti d'America. La vicenda sfocerà nell'Iniziativa dei 50 Stati ad opera dei Vendicatori Uniti.

16 novembre

"Sto palleggiando: diciassette, diciotto, diciannove e venti".

Caro Gae, non riesco a prendere sonno. Sono tristissimo, mi è entrata nel cuore da stamattina. Ti ricordi di Luca, quel ragazzo che avevo conosciuto qualche tempo fa all'assemblea di istituto delle seconde? Sì, te ne avevo parlato. Eravamo capitatati vicino e nella noia di ascoltare l'esperta che parlava della pericolosità nell'abusare alcune sostanze per la nostra salute, ci siamo annoiati tantissimo.

Così ci siamo messi a parlare facendo la gara fra chi sapesse o meno le formazioni della Juve dal 1980 al 2000. Iiiiiiiiiiiiiiiiiiiiiiiiih com'è stato figo!!!

Caro Gaetano, io sono forte fino agli anni 80, quando tu sei sempre presente, le altre un po' meno; Luca invece le conosceva tutte, lui ha un fratello che fa la collezione degli album di figurine Panini e le sa proprie tutte, anche quelle delle altre squadre. È proprio fortunato, quando ho chiesto al mio papà, che quel giorno andava in pianura per motivi di lavoro, di trovarmi l'album nuovo dei calciatori, lui mi ha detto di pensare alle ragazze e la sera quando è tornato a casa, mi ha detto che anche là l'avevano finito... secondo me mi ha detto una balla. Lo odiooooooooooooo!!! Tremendo!!!

Stamani alla ricreazione ho incrociato Luca nel corridoio con dei suoi amici e l'ho salutato, ma lui non mi ha risposto... chissà cosa gli ho fatto? Si sarà dimenticato di me.

Sono andato su Facebook e lui stava chattando con non so chi, mi sono inserito nella discussione, chiedendogli consigli sul romanzo di quell'autore russo, mi sembra si chiami Tolstoi, che ci vuole dare da leggere la prof di italiano per le vacanze di Natale. Non mi ha risposto, chissà xché? Sono sicuro che qualcuno gli ha parlato male di me. Che crema[2]! Mica sono Homer Simpson, forse è perché non ho un nick!

[2] Significato: guaio o seccatura.

23 novembre

"Sto palleggiando: ventuno, ventidue, ventitre, ventiquattro".
Caro Gae, stamani che finimondo a scuola. Ero come al solito in ritardo, quando, imboccata la porta d'ingresso alle 8:02, mi è arrivato un sms sul cellulare. Mi sono fermato un attimo per leggerlo, perché il regolamento scolastico ci proibisce di tenerlo acceso in classe durante le lezioni. Mica lo rispettiamo, lo teniamo in tasca in modalità silenziosa mandandoci gli sms. Se ci scoprono i prof ce lo sequestrano e lo portano in presidenza, chiuso in cassaforte dal preside e restituito solo ai nostri genitori. Una volta la prof di religione l'ha sequestrato a Benny. Lui non sapeva cosa fare, per il resto della mattinata si guardava sempre in tasca e aveva un'aria da pianto. Il giorno dopo è venuto suo padre a riprenderselo e ha minacciato il preside che se la cosa si ripeterà, informerà il suo amico provveditore. Il papa di Benny è un avvocato, bello, biondo, fa collezioni di Porsche e nel garage ne ha ben quindici tutte belle lucide, pronte a partire per le varie mostre alle quali partecipa. Quel giorno Benny camminava, toccando il soffitto con la punta dei suoi riccioli castani.
Nell'sms c'era scritto: "*Attento la Pergotti è superincazzata*".
Sono entrato dentro con la testa raccolta nella felpa, salutando, la prof gridava a forza sette e non ha nemmeno risposto.
"Ragazzi la dovete finire di prendermi in giro, voi dovete essere sempre preparati! Cosa vuol dire Certelloni che non sei pronto? Le interrogazioni mica possono essere sempre concordate, lo dovete capire tutti, posso interrogare chi voglio e come voglio ogni giorno! Quindi vieni e prendi un 4 o ti devo mettere un bel 2?"
Mi sono seduto a leggere una pagina del nuovo numero del *Guerin Sportivo*, quello con la statuetta di Cavani in copertina. La prof ha chiamato la rappresentante di classe, Beatrice, e le ha comunicato che le interrogazioni volontarie sono annullate fino al suo nuovo ordine

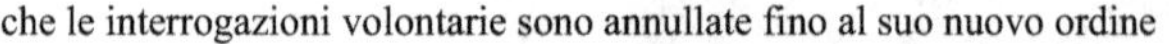

Certelloni non ha risposto a nessuna domanda e ha confermato il 4 di un mese fa; arrivato al suo posto, ha buttato il libro sul banco e la prof gli ha detto: "Certelloni contieniti, non sei al mercato!". Tanto a lui cosa importa? Andrà a lavorare nell'azienda del padre che fa il parmigiano, a scuola ci viene perché ce lo mandano i suoi, però è un campione di *PES 2010*. Ha vinto per due volte consecutive il campionato del suo condominio.

Sto lontano dallo stress
fumo un po' e dopo gioco a Pes
Pato, Mexes,
Messì, Valdes
Fumo un po' e dopo gioco a Pes
Accendo e dico: OOOOh Yeees
Fumo un po' e dopo gioco a Pes
Se mi riprendo ooh ooh ooh yes
Fumo un po' e dopo gioco a Pes.[3]

---

[3] Club Dogo feat. Giuliano Palma, 2012.

6 dicembre

"Sto palleggiando: venticinque, ventisei, ventisette, ventotto".
Caro Gae, oggi non ho voglia proprio di fare niente. Certo ho i compiti da fare: 10 equazioni di II grado, una versione di latino, studiare la civiltà delle ceramiche e relazionare su un esperimento in laboratorio fatto tre giorni fa. Sono andato in chat e ho scoperto che i miei amici sono tutti fuori: Alex è a Milano dagli zii, Mirko è a sciare a Madonna di Campiglio, Frank sta giocando per 50 centesimi in un torneo di videopoker, è molto bravo anche perché il suo papà gioca a poker con i suoi amici almeno una volta la settimana e gli ha insegnato tanti trucchi per vincere. A me non piace giocare a poker, anche se ho fatto società con Frank un paio di volte e abbiamo perso quasi subito.
Ero triste, mi sentivo così solo, quando sul video mi è comparsa lei: Lu95.
Non so chi è, né che viso ha, ma ha cominciato a parlarmi, dicendomi che si trova a buco a Parigi con il padre che lavora per il petrolio degli sceicchi, si diverte molto e che oggi andrà a vedere una mostra di Toulouse Lautrec. Ho fatto di finta di conoscerlo, ma appena mi ha detto cissi[4], sono corso da mia madre e l'ho trovata a stirare un cimone di panni, in preda ad una telefonata esistenziale.

Allora sono andato dal mio papà, lui appena ha sentito questo nome è corso al suo schedario di piloti della Ferrari, e dopo averlo sfogliato da cima a fondo un paio di volte, storcendo il muso come fa sempre, mi ha detto che nessun pilota del cavallino ha avuto questo nome. Sono disperato, non so come fare, della Francia conosco solo la Torre Eiffel, Michel Platini, la Gioconda e Zizou[5]… mi sa che devo ricorrere a Wilkipedia.

---

[4] Significato: ci si vede.
[5] Soprannome dato all'ex calciatore francese Zinedine Zidane.

8 dicembre

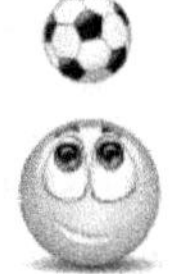

"Sto palleggiando: ventinove, trenta, trentuno e trentadue".
Caro Gae, stanotte l'ho segnata: era bellissima, aveva i capelli neri, non molto lunghi, mi ha fatto sobbalzare il cuore. Io parlavo e lei sorrideva, aveva le fossette. Poi mi sono svegliato. Era solo un sogno, sono rimasto deluso come del pareggio della Juve in Europa League, così siamo fuori dall'Europa, e chi lo sentirà Mirko con la sua Inter qualificata con largo anticipo?
Ho scoperto chi è Toulouse Lautrec: è un pittore francese vissuto nel 1900, famoso per le sue donnine e ideatore dei primi cartelloni pubblicitari. Mi sembra fosse un nano. A metà mattinata, che figata, l'ho trovata! Era su Facebook: aveva ancora tanto sonno, ieri sera era stata al cinema a vedere *Nowhere Boy*, il film che parla dell'adolescenza di John Lennon (quello dei Beatles), ho annuito, quindi mi ha chiesto se sapevo anche che Toulouse Lautrec era uno dei pochi amici di Van Gogh. Io ho mentito come al solito, ma il mio volto sembrava in fiamme.
Poi è arrivato Marco che mi messaggiato: "*Taci Gay!*"
Ho fatto una figura da stupido! Mi sento male, non avrò più il coraggio di pensarla.
Aaaaaaaahhhhh!!! Che stronzo!!! Eiiiiiiii lo ammazzooo!!!
Appena ho chiuso sono scappato da mia mamy: era impegnata nella riunione del suo gruppo di lettura, commentavano l'ultimo libro di un certo Umberto Eco... anni fa ha scritto un libro su una rosa, ho visto il libro in libreria ma non l'ho mai sfogliato. Mi ha detto Mirko che è difficile, è più bello il film, dove la strega non muore. Allora sono corso da mio padre, ma appena gliel'ho nominato lui ha lasciato la sua rivista di automobilismo e si è diretto verso l'archivio. Senza fare rumore, sono uscito dalla stanza e sono corso a chiudermi in camera mia. Sullo schermo c'era un messaggio di Lu95: mi ha chiesto l'indirizzo, vuole mandarmi una cartolina. Vado così alla grande da sentirmi come Krasic dopo il goal segnato alla Lazio.

9 dicembre

“Sto palleggiando: trentatré, trentaquattro, trentacinque, trentasei”.

Caro Gae, oggi sono tornato a scuola e subito è iniziata la tragedia. La prof Pergotti aveva le sue interrogazioni, tutto sembrava procedere per il meglio e stavo leggendo con Marco le notizie di calcio al suo cellulare, ad un tratto il cielo si è oscurato su di noi quando la prof, con il collo avvolto da una sciarpa di lana fatta a mano a righe grigie e nere, ha chiesto a Stella: “Mi parli dei modi del verbo essere nella perifrastica attiva, come si concorda il verbo al participio? Fammi un esempio”. Stella fino a quel momento stava andando benino, aveva risposto a quasi tre domande senza balbettare, è diventata tutta rossa in volto e ha sgranato gli occhi, poi con un filo di voce ha detto: “I verbi sono al tempo indicativo”.

Non l’avesse mai fatto!!! La Pergotti è scattata sulla sedia, ha cominciato a gridare: “Ma che tempo indicativo!? MODO indicativo! Povera me che devo ascoltare!” e ha scrollato la testa, mentre, te lo giuro, la sciarpa è diventata tutta nera. Io non riuscivo a crederci, ma Fabio, che è al primo banco, mi ha confermato che l’ha visto anche lui. Allora ha ragione Checco che l’ha definita una strega. Aaah! Dio ti ringrazio per non avermi fatto interrogare... non voglio essere segatooooo!!!

Più niente da segnalare. Tornato a casa, ho letto un messaggio di Lu95:

“Ciao ieri sera sono stato alla veglia”.

Io non ci ho capito nulla, allora ho chiesto a mia madre cosa fosse successo e lei ha iniziato a cantare una canzone in inglese che parla di un mondo immaginario, poi è scoppiata a piangere. Mio padre, passando per le scale, mi ha detto che l’unica veglia alla quale lui partecipa è quella dell’8 maggio, quando morì a Zolder nel 1982 il grande Gil Villeneuve. Ha appoggiato la testa sulla libreria ed è scoppiato in un pianto sfrenato.

15 dicembre

“Sto palleggiando: trentasette, trentotto, trentanove, quaranta”.
Caro Gae sono così triste, vado e torno a scuola, ma penso sempre alla cartolina di Lu95.
Appena torno a casa, faccio le scale di corsa e chiedo a mia madre: “È arrivata la posta?”.
“Sì” fa lei. “Le solite bollette e le riviste di auto per tuo padre”.
Tremante le chiedo: “Per me non c’è niente?”.
“No” è la sua risposta mentre segue le indicazioni della Parodi sulla nuova ricetta del giorno. I piatti non le vengono troppo bene... mi sa che le ricette sono sbagliate o mamy confonde spesso il sale con lo zucchero perché vengono o troppo dolci o troppo salate. Io non lo so, mangio in silenzio per evitare punizioni, mentre papy accusa ogni volta una strana acidità allo stomaco e si rintana con il piatto nel bagno. Quando ritorna il piatto è perfettamente pulito tanto da sembrare lavato, mentre il water è sporco di cibo.
Io sospetto che il cibo finisca nello scarico anziché nello stomaco del mio papà. Anche mamma forse lo sospetta, perché chiede sempre a papà: “Com’era di gusto il cibo?”, “C’era molto sale?”, “Si sentiva la cannella?”. Lui tergiversa e cerca di parlare d’altro, ma mia mamma lo guarda con lo sguardo indagatore e serio che ha lei, allora esco e mi metto alla finestra ad aspettare il postino. Uffa!!!
Verso le due scendo giù e controllo nella buca della posta, la apro piano piano, ma non vi trovo mai la cartolina che aspetto, allora mi chiudo nel garage e mi metto a giocare con la palla da tennis contro il muro, destro e sinistro, sinistro e destro come ti insegnava il Trap. Chissà se domani la troverò tornando a casa? La p@zzi@ è dentro di me!!!

23 dicembre

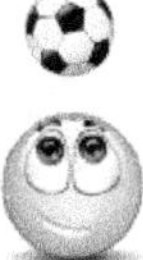

"Sto palleggiando: quarantuno, quarantadue, quarantatré, quarantaquattro".
Caro Gae, ormai sono disperato: non so cosa fare, la cartolina è un sogno lontano. Non ho voglia di fare niente, non m'interessa stare su Facebook e poi nessuno mi capisce. Aaaaaah!!! Qualcuno mi salviiiii!!!
Lu95 mi ha dimenticato, tra due giorni è Natale e anche se vedo *Bastardo dentro*, la scena dell'impiegata di posta che dice al fattorino: "Mmhhhhh….dicaaaa?" scompare sotto il banco, poi ritorna su e aggiunge: "Un attimo e sono shubitodalei" Prima ridevo, ora mica tanto.
A scuola Marco mi ha salutato: "Ciao sfigato! Pensi ancora alla tua morosa virtuale? Guardalooooo!". Mi sono nascosto dentro lo zaino.
Che bello il Natale, oggi a scuola abbiamo preso le vacanze, ritorneremo il 10 gennaio. La prof Percassi ci ha dato per compiti tre versioni, ripetere il periodo ipotetico e leggere i primi cinque capitoli di un libro strano dal titolo *Il Barone Rampante*. L'ho visto nella libreria di mia madre, ha in copertina un ragazzo seduto su un ramo, ha la gamba penzoloni e legge un libro. Mamy ha detto che parla di un ragazzo che decide di vivere sugli alberi per non mangiare le lumache. Puah! Per fortuna non ho mai avuto l'occasione di mangiarle, mia madre mi ha detto che sono molto buone e piacciono tanto a nonno Dione.
Oggi a scuola è successo un fatto di sesso: Mattia è un mio compagno di classe che ha una strana abitudine, mangia solo ciò che gli prepara la mamma. Ogni giorno viene con un panino con wurstel, formaggio e maionese che si porta da casa e lo mangia durante la ricreazione, sporcandosi sempre la camicia. Ogni giorno viene con una camicia o una maglia pulita. Chissà quante ne ha? Oggi Erika, che ha il moroso in Quinta C, si è avvicinata a Mattia che si era già macchiato la camicia, ha infilato una dito dentro il panino, poi l'ha tolto e se l'è ficcato in bocca, lo ha leccato e subito dopo ha esclamato: "Cotto e mangiato!".
Mattia tutto rosso, ha preso il panino, lo ha rimesso con cura nella carta stagnola e l'ha riposto nella cartella, poi si è seduto al banco a leggere il diario. Erika se n'era già andata, inseguita dagli sguardi dei miei compagni. Mi sa che Mattia è andato a casa digiuno.

31 dicembre

"Sto palleggiando: quarantacinque, quarantasei, quarantasette, quarantotto". Oggi è l'ultimo giorno dell'anno e, mio caro Gae, non ho voglia di fare niente. Vorrei essere come un geco, che grazie a delle minuscole ventose sotto le zampe può aderire su qualsiasi superficie e camminare sui muri e sul soffitto, come ci ha spiegato prima delle vacanze l'insegnante di fisica leggendoci una dispensa in inglese. Andrei a nascondermi in un angolo scuro, dove nessuno potrebbe trovarmi. Lu95 non mi ha più chiamato; su Facebook ho avuto la richiesta di amicizia di una Sabrina98, ma non l'ho accettata. Dice di essere di Palagano, di adorare i manga *Stardust Wink* di Nana Haruta, l'autrice di *Chocolate Cosmos* e *Love-Berrish* e le canzoni di Mengoni. Io non so chi sia, conosco solo Ed Brubaker e poi mi piace Tricarico. Dopo due giorni mi ha inviato una nuova richiesta, ma come mi ha suggerito Mirko sto indugiando prima di rispondere, forse lo farò domani o dopodomani, non lo so. Forse per forever, tvt Lu95 xk è bellissimaaaaa! Poi mi faccio la barba pensando a lei.

Silvio e Alberto stasera vanno al Kalika, dove c'è Viola, la Dj in topless. Hanno già tre biglietti prenotati da un mese a nome di Pierluigi, il fratello maggiorenne di Silvio, che adesso si trova a Londra con la morosa. Mi hanno invitato, ma non ne ho voglia. Mi sento come un sacco vuoto e inutile, andrò con i miei a casa dei nonni, dove c'è zio Umberto che ogni anno suona la fisarmonica e lo devo accompagnare con il tamburello. Poi tutti ci faranno l'applauso e ci diranno che siamo stati bravi. Mia madre piangerà e la nonna mi regalerà dieci euro da spendere con attenzione. Com'è brutta la vita! Vorrei essere come quella farfalla dalle ali azzurre che al contatto con un altro corpo diventano verdi.

1 gennaio

"Sto palleggiando: quarantanove, cinquanta, cinquantuno, cinquantadue".
Sono happy, happy, very happy, su Facebook mi è arrivato un messaggio da Lu95:
"Sbronzy alle 4 del pomeriggio e di mercoledì".
Tvttttttt Face, chissà cosa ha fatto.
Le ho chiesto: *"Tu ezzere sparita"*,
La sua risposta è stata: *"Sono off!!!"*
È sparita nuovamente, sono mmmmolto triste. Per tutto il giorno non ho fatto altro che on e off sul Face. Lei è di nuovo sparita. Allora mi sono sdraiato sul letto e ho guardato il soffitto, cmq vorrei dirle *TVTB*, ma lei è off e io non la trovo. Così me magno un po' de patatine, slurp! Slurp! Che buone!
Poi gioco a *PES*, voglio vincere il joypad come Aldo, che ne ha già tre.
Ascolto la canzone "*E tu*" di Claudio Baglioni sul cd di mia mamma e penso a Lu95.

8 gennaio

“Sto palleggiando: cinquantatre, cinquantaquattro, cinquantacinque, cinquantasei”.

Caro Gae, siamo tornati a scuola e subito sono cominciate le notizie cattive. La prof Percassi ha cominciato ad interrogare a tutto spiano e ha affibbiato tre cinque e un sette. Ha un quadernetto dove scrive i più e i meno, alla fine controlla tutto e dà il voto. È il momento in cui tutti sudiamo e gli interrogati hanno strani attacchi di tosse. Meno male che io ho già un sei nella versione in classe e un altro all’interrogazione. Dovrei stare tranquillo ma non lo sono tutti. Mirko è venuto in classe con la maglietta dell’Inter e ha detto a tutti: “Per me il calcio è finito il 16 dicembre, con la conquista del triplete”. Volevo ucciderlo, la Juve ha iniziato malissimo il nuovo anno, abbiamo perso in casa contro il Parma. Giovinco si è vendicato.
Alla ricreazione Davide ha preso in braccio Stefano, la bidella che era sulla porta gli ha chiesto: “Che cosa stai facendo?”. Lui ondeggiando gli ha risposto: “Porto un amico in Vodafone”. Siamo scoppiati tutti a ridere. La bidella, alta un metro e cinquanta, capelli rossi, si è messa ad urlare: “Maleducati, non finisce qui!”. È entrata la prof di religione e si è messa a spiegare il comportamento dei Testimoni di Geova, ma è stata interrotta dalla vicepreside, che ha portato fuori Davide e Stefano. Quando sono rientrati erano tutti rossi in volto e hanno parlottato sempre fra di loro fino al suono della campanella di uscita.
Mirko, che è proprio antipatico nella sua maglietta nerazzurra, mi ha detto che i loro genitori sono stati convocati per domani in presidenza. La sera volevo andare a letto e leggere il nuovo numero di *Thor*, ma mi ha telefonato Mirko e siamo andati a vedere il nuovo film di Checco Zalone. Ero così triste che ho mangiato un pacco gigante di popcorn, poi mi sono divertito tanto.

18 gennaio

"Sto palleggiando: cinquantasette, cinquantotto, cinquantanove, sessanta".
Caro Gae, ho già finito di studiare e non so cosa fare, la Juve ha perso a Napoli.
Domenica mattina ho trovato la neve sopra ogni cosa, le macchine erano seppellite sotto una coltre bianca e sembrava di essere al Polo Nord. Mancavano solo i pinguini. Il mio papà è stato tutta la mattina sdraiato sul divano e agli inviti di mia madre di uscire a spalare la neve, rispondeva con dei "Gru...gru" poi si è alzato, si è infilato la giacca e gli scarponi da carabiniere, che gli ha regalato il cugino Armando ed è sceso giù.
È tornato dopo una ventina di minuti, sparlando contro tutti e tutto, si è spogliato ed è di nuovo sprofondato nel divano. A mia madre che gli chiedeva cosa fosse successo con i capelli bagnati, appena uscita dalla doccia, ha risposto: "Non ho trovato la pala, l'anno scorso l'ho prestato a tuo fratello e non me l'ha più restituita". Allora lei ha cominciato a gridare che il papà non doveva prendersela con i suoi familiari e la colpa era solo sua.
Li ho lasciati e sono andato da Sasà, un mio amico del secondo piano. Era al pc e mi ha fatto vedere un filmato su Youtube. C'erano due tipi che discutevano in macchina: *Andiamo a vedere*, diceva uno; *Andiamo a vedere chi?* chiedeva l'altro; *Come, non lo sai? Andiamo a vedere il bello*, soggiungeva il primo e subito compariva un ragazzo dai capelli lunghi, con la stessa espressione dell'uomo di Neanderthal, che ho visto sul libro di storia dello scorso anno.
"Woow guardalooo sembra uno sfigato!!! Ahahahahahahah!!!"
Poi è entrato Mattia, il fratello più grande di Sasà, che ci ha detto di stare zitti immediatamente perché lui doveva studiare, domani ha l'interrogazione in chimica.

4 febbraio

“Sto palleggiando: sessantuno, sessantadue, sessantatré, sessantaquattro”.

Caro Gae, oggi Jacopo è venuto a scuola distrutto, aveva gli occhi gonfi e sembra che non dormiva da giorni. La Percossi, malvagia che non ci capisce mai, lo ha chiamato all’interrogazione in italiano: lui, malgrado le sue urla isteriche che si sentivano fino al secondo piano e parlavano del tradimento del senso di responsabilità, si è rifiutato di andarci. Si è beccato un bel 2, ma non ha fatto nessuna reazione, è rimasto seduto al suo banco con la testa appoggiata ad una mano.

Alla ricreazione è rimasto fermo al suo banco, sembrava una statua di pietra come ci ha raccontato la prof di religione l’altro giorno a lezione, parlando della moglie di Lot, giratasi indietro a vedere le rovine fumanti di Sodoma e Gomorra. All’uscita ha parlato con Katia che conosce i segreti di tutti gli studenti della scuola e vuole diventare da grande la responsabile della sicurezza dell’ONU, per questo parla già francese, inglese, tedesco e un po’ di giapponese. L’estate va *in holiday, every year*, in una capitale europea, sorridendo leggermente nel suo apparecchio dentale, mi ha detto: “Jacopo è malato di cuore”. Le ho chiesto se può guarire o deve farsi un trapianto. Allora lei si è messa a ridere, mostrando i denti obliqui... oh che schifo a vederli! Puah! Eiiii mi veniva da vomitare ma, come mi hai suggerito ho fatto finta di niente per non offenderla. Lei mi ha detto: “No, che cosa hai capito, scemo! È solo innamorato”. Dopo un po’ di strada insieme, prima che salisse sulla corriera, le ho chiesto di chi, Katia allungando il collo mi ha risposto compiaciuta: “Ahhahah! Uffa! È un amore impossibile, ama perdutamente Kate Middleton”.

Sono rimasto sorpreso, iiiiiih non sapevo che Jacopo avesse conosciuto una ragazza straniera, non si è mai mosso da Serra, chissà forse è successo l’estate scorsa. Solo a me non succede mai niente.

A tavola, la mia mamy guardava il Tg di Italia 1 e il papy aspettava impaziente di vedere il servizio sulla Ferrari a Barcellona, hanno parlato del futuro *wedding* tra *the prince* William d’Inghilterra e Kate Middleton. È proprio bona, capisco perché Jacopo abbia perduto la testa... ma dico io, proprio di una principessa? Ha ragione Katia, è un amore impossibile. Ovviooooo ahahahahah!!!

23 Febbraio

"Sto palleggiando: sessantacinque, sessantasei, sessantasette, sessantotto".
Caro Gae, cosa mi succede? Mi sento indesiderato dal mondo intero: nessuna compagna di scuola mi fila, Filippo mi evita e al banco sono seduto da solo. Lu95 è una situation off. Mi sento un verme, tutti in campo contro la prima G e io no! Mi hanno detto che erano già otto e si giocava in sette, lo hanno fatto perché in palestra durante la partita nell'ora di educazione fisica ho sbagliato quel goal facile, spedendo il pallone sopra la finestra. Aaaaaah! Vi è rimasto bloccato tanto che è dovuto venire il bidello Fiorenzo con la scala per prenderlo. Fiorenzo è alto e secco, è quasi piegato in due, non è riuscito a salire sulla scala, mentre Ermes, l'altro bidello, ha detto di soffrire di vertigini. Il pallone è rimasto sul cornicione della vetrata. Il prof si è arrabbiato così tanto che è diventato tutto red in volto e gridando come un matto mi ha spedito in panchina. Bel merz[6] sono entrato solo a sei minuti dal suono della campanella. Mi hai detto che nella storia del calcio c'è stato un giocatore di nome Rivera, che è entrato anche lui a sei minuti dalla fine di una finale di coppa del mondo. Io non so chi è, mi hai detto che ha giocato solo nel Milan. Iihhhhhhhhhhhhhh!
Nell'ora di religione la prof mi ha sorpreso a leggere l'ultimo numero di *Spider-Man*, quello dove c'è il ritorno di Kraven il Cacciatore. Ha detto che è un cattivo modello per noi ragazzi perché c'è troppa violenza e poi non esistono i supereroi. Ha convocato i miei genitori per un colloquio la prossima settimana. Per fortuna la giornata è finita presto e mi sono chiuso in camera a giocare con il nuovo gioco prestatomi da Sasà: si chiama *Dead Space 2*. Stavo inchiodando al muro i necromorfi con il mio Javelin[7], poi strappavo le loro braccia e le usavo come clave verso gli altri mostri. Ad un tratto è suonato il telefono di casa, è venuto a chiamarmi mio fratello con la voce seccata: era per me. Mi ha detto che non deve essere lui a rispondere alle chiamate dei miei amici. L'ho lasciato perdere, mi ha risposto Jacopo: "Si sposa", poi ha chiuso.
Il giorno dopo la Sara mi ha spiegato in cambio di un sorso di coca: "Jacopo è fuori di testa, ha saputo che Kate si sposa, diventerà la futura regina del Regno Unito". Ho trovato chi sta peggio di me.

---

[6] Significato: fregatura.
[7] Tipo di lanciamissili.

17 marzo

"Sto palleggiando: sessantanove, settanta, settantuno, settantadue".
Caro Gae, oggi è una giornata straordinaria per il nostro paese. Si festeggia il centocinquantesimo anniversario dell'unità italiana, avvenuta il 17 marzo 1861. La scuola è chiusa e io sono stato a letto fino alle dieci. Mi sono alzato perché sentivo un gemito soffocato, non sapevo cosa fosse e avevo tanta paura. Sono entrato in camera di mio fratello, ma lui ancora dormiva e un odore nauseabondo mi ha fatto quasi cadere a terra. I rumori venivano dalla camera di quelliiiiiiiii, ho spiato e ho visto mio padre inginocchiato ai piedi del letto, tutto tremante. Aveva gli occhi gonfi e rossi, piangeva e gridava: "Perché? Perché? Perché mi hai tradito ancora una volta? Traditore!".
Pensavo che ce l'avesse con mia madre, ma alla fine ho capito: ce l'aveva con Alonso, il pilota della Ferrari, perché sul letto aveva la pagina sportiva del corriere, che riportava la sconfitta della Ferrari al gran premio di Australia. Alonso è arrivato solamente quarto.
Non ero più *back* e sono andato su Facebook, c'era Lu95 online:

Lu95: Ciao Vecchio

Io: Ciao ke fai?

Lu 95: Mangio delle caramelle cattive impestate

Io: Perché le mangi?

Lu95: Xche così mangio le altre e posso dire che buone sono queste caramelle!

Io. Xd bello

Lu 95: Cmq, si bleah davvero! Ciao

Sono *crazy, very crazy*. Davvero??? La rapirei
A scuola nei giorni scorsi ci hanno portato al cinema a vedere un film dal titolo *Come eravamo*, era molto triste, parlava di un vecchio, che viveva da solo a Torino e rimpiangeva l'Italia unita che aveva contribuita a costruire. Prima dell'inizio il prof di storia ha fatto un lungo discorso su Garibaldi, Cavour, Vittorio Emanuele III e un imperatore francese chiamato Napoleone III. Uffà!!!
La Percassi girava tra le file, ci impediva di mangiare i popcorn e ci sequestrava le lattine di coca. La mia, l'ho nascosta sotto il sedere e quando l'ho bevuta era un po' calda. Ma avevo tanta sete e non vi ho fatto caso, l'ho offerta anche alla Katia, la ragazza dai capelli rossi che mi sorride sempre, quando mi incontra alla ricreazione. Lei mi ha offerto un cracker alle olive, che aveva dentro lo zaino. Quando siamo usciti l'ho persa e non l'ho potuta nemmeno salutare. Prima di arrivare a casa ho comprato il nuovo numero di *Thor*, a fine aprile uscirà il film, non lo voglio perdere, forse chiederò a Katia di venirci con me.

La Juve ha perso due a zero contro la Roma in casa ed è uscita dalla Coppa Italia. In campionato perdiamo ogni domenica, siamo lontani dal Milan capolista e dall'Inter che ha perso il derby. Un altro anno nero, nero. L'anno degli zarri!!!

26 marzo

"Sto palleggiando: settantatré, settantaquattro, settantacinque e settantasei".
Caro Gae, oggi le risate, stavamo aspettando la Pergotti, doveva interrogare. Nn veniva mai. Mattia ripeteva le declinazioni, doveva essere interrogata. È sbucato dalla porta un prof con gli occhiali faccia da talpa, che ci ha detto che la prof era assente, di stare buoni e non gridare. Mattia si è inginocchiato e ha cominciato a pregare, il prof è diventato rosso e ci ha detto di stare zitti. Poi si è messo a leggere *Il Carlino*.
A casa ho trovato online Lu95:

> *Lu95: Hallo vecchio guarda sta news e ridi: c'era il video di un ragazzino che girava intorno ad un palo segnaletico, si teneva aggrappato con le mani e i piedi in verticale.*
>
> *Sei capace sfigato???*
>
> ***Io: ...***
>
> *Lu 95: Fa teee! Ci sbamba tutti!!!*
>
> ***Io: ...Sì, però x te***
>
> *Lu 95: Che peso!!!*

È sparita e dove c... si trova !!!

29 Marzo

"Sto palleggiando: settantasette, settantotto, settantanove, ottanta".
Caro Gae sono così stanco, non riesco neanche a tenere gli occhi aperti. Ho tanto sonno, ieri sono tornato dalla gita a Torino. Mi sono divertito molto, ma sono stato messo in punizione da mia mamma. Non posso giocare alla Play per due settimane. Proprio adesso che Mattia mi aveva invitato a casa sua per giocare con *Pokémon Black*. Gli è appena arrivato. Non posso vedere la tele per un mese e mi ha proibito anche di andare al cinema con i miei compagni. Tutto per colpa del prof. Secchi. Il primo giorno ci siamo divertiti a fare finta di perderci nel Museo Egizio. Avevamo attuato una tattica particolare: io, Mattia e Alex rimanevamo indietro e appena la fila svoltava a destra, noi andavamo a sinistra. Lo abbiamo fatto per tre volte, poi la guida si è arrabbiata, mettendosi a dire che noi non eravamo disciplinati, che il museo non è il mercato e siamo finiti all'inizio del gruppo. Quant'è brutta la mummia nella sua pelle rinsecchita, non assomiglia per niente a quella del film su Italia 1. Siamo stati al Parlamento Subalpino dove è stato dichiarato il Regno di Italia.
Il secondo giorno non volevo andare a visitare il Lingotto, volevo andare a Vinovo a vedere i giocatori della Juve. Con Mirko abbiamo pensato un piano meraviglioso: al mattino saremmo entrati nell'autobus, seduti ai posti vicino al portellone centrale, quelli che nessuno vuole, perché vi entra l'aria fredda e prima che si chiudesse saremmo sgattaiolati fuori. Era un piano perfetto che richiedeva sangue freddo e movimenti rapidi. Siamo entrati, ci siamo seduti e prima che l'autobus partisse siamo riusciti a saltare fuori, ridendo abbiamo cominciato a correre verso il vicolo, ma la fortuna ci ha abbandonato perché ci siamo scontrati con il prof. Secchi cadendogli addosso e facendogli volare in aria i libri che portava in mano. Siamo stati proprio stupidi!!! Ha cominciato a gridare perché la sua sciarpa dell'Inter cucita a mano, gli era caduta in una pozzanghera, sporcandosi tutta. Poi ci ha chiesto cosa facevamo fuori, abbiamo fatto cisti[8], ma Mirko piangendo gli ha rivelato tutto. Così per il resto della gita siamo stati incollati al prof Secchi, che appena arrivati ha raccontato tutto ai miei genitori che erano venuti a prenderci.
Ma non è finita: mia madre questa settimana non mi ha dato la paghetta, l'ha usato per fare lavare in lavanderia la sciarpa del prof Secchi sporca di fango. Non le bastava la mia prigionia!

---

[8] Significato: silenzio.

INTER

8 aprile

"Sto palleggiando: ottantuno, ottantadue, ottantatre e ottantaquattro".
Oggi è stata una giornata pessima. Non ho fatto niente di buono e le cose mi vanno decisamente male. Caro Gae, seguo sempre i tuoi consigli, ma non ce la faccio a non arrabbiarmi con gli altri. A scuola la Percassi è sempre pronta a distribuire 2 con il sorriso, in scienza ho preso sei alla verifica, in storia ho sbagliato la verifica sui popoli del rame e il prof mi ha affibbiato un bel cinque. Iihhhhhhhhh *oh man*, non solo il solo sfortunato, Loris è venuto a scuola con una maglietta nera con su scritto a caratteri enormi: "*Dolce Remì metti la mano qui*", sotto una freccia che indicava proprio l'apertura dei pantaloni. Appena l'abbiamo visto ci siamo messi a ridere, poi è entrata la Percassi, si è seduta alla cattedra, ha aperto il libro e ha cominciato a girare per la classe leggendo i versi del sonetto *Tanto gentile e tanta onesta pare* di Dante Alighieri. Il cielo era sereno, ad un tratto tutto diventato scuro, la prof ha smesso di recitare i versi e si è avvicinato minacciosa a Loris e gli ha detto: "Alzati!".
La Percassi ha letto il messaggio della maglietta ed è diventata più alta, urlando gli ha detto di uscire dalla classe e di rientrare alla fine delle sue ore perché lei non accettava quell'abbigliamento a scuola, che non siamo in un bar o in un'osteria; a fine lezione sarebbe andata a telefonare ai suoi genitori perché non era giusto quel comportamento. Kelvin l'ha ripresa con il cellulare. Bella storia!!!
La sera mi è arrivato un sms, era Kelvin che mi diceva di andare su Facebook: c'era la Percassi che urlava. La mattina, in classe, ridevamo tutti, è entrata la prof e ha iniziato a spiegare subito la figura della donna angelo. Noi non le abbiamo detto niente del video su, mica siamo scemi! Chissene!!! Ovviooooooooooo!
Vado proprio a fare un giro in bici.

Lu 95: Ciao vecchio, come mena?

Io: Stanco x go in bike

Lu: Che babbo sei?!?

Io: !!!

Lu 95: Muoviti, stasera go a Bologna

Io: Ke fai?

Lu 95: Pè il concerto di Salmo

Io: What?

Lu 95: Studia….bye bye

Ma chi è 'sto Salmo? Il campione del Ruzzle? Sigh… sigh… è tutta fissataaa!

21 aprile

"Sto palleggiando: ottantacinque, ottantasei, ottantasette e ottantotto".
Caro Gae, oggi, abbiamo preso le vacanze pasquali, siamo liberi dalla scuola per una settimana anche se dobbiamo tradurre tre brani assegnatici dalla Percassi. Stasera a casa guardavamo il film su Sky, *Percy Jackson e gli Dei dell'Olimpo*, nel quale si racconta di un ragazzo tanto sfigato che scopre di essere l'ultimo discendente degli Dei dell'Olimpo e viene attaccato dai suoi nemici. Be' so che l'Olimpo è un monte dove gli antichi greci e poi anche i romani ritenevano che vivesse Zeus, il padre degli dei. Vi erano anche sua moglie Era, Ares, il dio della guerra, la bellissima Afrodite e tutti gli dei. Queste cose le ho studiate l'anno scorso in storia e anche quest'anno in latino. Mi piaceva.

Ad un tratto io e Christian, mio cugino, che mi era venuto a trovare, siamo stati distratti dalle urla provenienti dalla cucina. I miei genitori litigavano: il mio papà vuole passare la Pasquetta in montagna, mia madre vuole andare a Rimini dai suoi genitori. Che bellini, li abbiamo lasciati stare e siamo ritornati a vedere il film.
A scuola, le mie compagne hanno fatto un cartellone sul quale illustravano la pericolosità delle sostanze dopanti nel mondo dello sport, era molto bello e la Silvia teneva ferma con le dita il cartellone, mentre la Mirka parlava. Wooow!!! TrOppOo bella! Se non fosse la morosa di quel ragazzo della terza che indossa quei giubbotti stretti, ci potrei anche tentare. Che ce potete fà! Non voglio rovinare una famiglia e poi litigherei come i miei genitori. Rimango nella bolla. Poi è intervenuta la dottoressa, scura, con enormi tette e tacchi altissimi, le mani ricoperte da tremila anelli e ci ha parlato di Riccardo Riccò, del fatto che stava morendo per aver fatto una trasfusione con del sangue tenuto in frigorifero.
Penso che queste cose non le farò mai, come te, Gae, voglio essere un campione sano e onesto.
Mi è arrivato un saluto da Lu95, ero taggato: *"Ok sei vivo, by from Endiburgh"*.
I'm crazy, very, very crazy!!! Non ho ancora risolto la situazione!!!

1 Maggio

"Sto palleggiando: ottantanove, novanta, novantuno e novantadue".
Caro Gae, oggi è la festa del lavoro. Noi non siamo messi troppo bene, è domenica, non abbiamo nessun giorno di vacanza in più. Stamani sono uscito presto con il mio papy e siamo andati al mercato dell'usato che si tiene ogni prima domenica del mese in Piazza Toscanini. Vendono di tutto: gli elmetti tedeschi della seconda guerra mondiale, le videocassette dell'Ape Maia, piatti in ceramica, insegne di birreria. Il mio papy si è fermato a parlare con un signore che vendeva un libro sulla Ferrari: era pieno di fotografie, ne voleva venti euro. Il mio papy gliele voleva dare solo cinque, così siamo andati via. Poi siamo tornati e il prezzo era sceso a diciotto euro. Siamo di nuovo andati via. Dopo mezz'ora il prezzo era sceso a quindici euro. Uffa!!!
Abbiamo fatto il tragitto per una decina di volte. Non vedevo l'ora di andare via, ma il *my dad* voleva assolutamente comprare quel libro. Stavo per appendere il cartello quando sul cell mi è arrivato un sms di Lu95:
"Buongiorno ahahahahah! È sabato ce damoooooooo!!!"
Non so cosa pensare, sono *all crazy forever.*
Intanto il prezzo era sceso a otto euro. Il mio papà ha fatto finta ancora di allontanarsi, è entrato in un bar e abbiamo mangiato due cornetti caldi alla cioccolata. Lui mi ha detto trionfante che ormai il libro era suo, appena finto il cornetto sarebbe ritornato dal venditore e avrebbe avuto il libro a soli cinque euro. Mi ha fatto uscire dal bar con metà cornetto in bocca e siamo andati dal venditore del libro. Era felice, ma arrivato il suo volto si è fatto chiaro, guardava da una parte all'altra della cassetta di plastica, ma non trovava il libro sulla Ferrari. Ha chiesto al signore della bancarella che fine avesse fatto il libro che voleva acquistare e quello gli ha risposto: "L'ho già venduto ad un signore poco fa. Me l'ha pagato venti euro senza discutere". Il mio papà ha socchiuso gli occhi e ha cominciato a parlare male delle persone poco serie, che loro avevano fatto un accordo e i patti bisogna rispettarli. Il signore gli ha risposto dicendo che l'altro lo aveva pagato venti euro e non aveva fatto nessun patto.
Mentre papà era distratto, ho acquistato ad una bancarella vicina per cinquanta centesimi un giornale chiamato "*Intrepido*", nella quale c'è una tua foto contro la Spagna. La foto dice che il centravanti ti aveva saltato e fatto goal. Per me sei bravissimo lo stesso. *My dad* ha voluto andare via e quando siamo arrivati in macchina e si è accorto che aveva acquistato quel fumetto, mi ha chiesto quanto lo avessi pagato; appena ha saputo il prezzo mi ha detto: "Tu butti via troppi soldi, dovevi pagarlo solo dieci centesimi, scommetto che non hai nemmeno contrattato il prezzo". Io non ho risposto, ho guardato fuori dal finestrino e quando mi sono girato il mio papà aveva gli occhi rossi... per via del raffreddore, come dice lui.

New sms di Lu 95: *"Domenica da comaaaaaaaaaa!!!"*

22 Maggio

“Sto palleggiando: novantatré, novantaquattro, novantacinque e novantasei”.
Caro Gae il tempo è *crazy*, la mattina quando vado a scuola fa un freddo da sfigati e devo portarmi il giubbotto o la giacca della tuta. A me piace quella grigia con il cappuccio. Quando esco il sole è così caldo che devo metterla nello zaino. Dopo pranzo viene sempre a piovere e non mi posso allenare nel cortile, devo chiudermi nel garage, ma se c’è già l’auto di mio papà, mi tocca guardare *I Simpson* alla tv. Sì, mi piacciono, ma vorrei allenarmi. Iihhhhhhhhh sono stufo!!! Ora vado u.u.

Oggi siamo stati a pranzo da nonno Amos, c’era mio zio Emanuele e lo zio Roby, al quale piace tanto viaggiare con la sua morosa, che cambia sempre e vuole che sia chiamata dagli altri

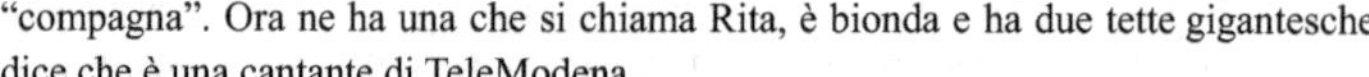

“compagna”. Ora ne ha una che si chiama Rita, è bionda e ha due tette gigantesche, dice che è una cantante di TeleModena.

Lo zio Roby doveva andare in vacanza in Egitto, ma ha dovuto rinunciarvi perché c’è la rivoluzione, allora è andato in Russia ed è tornato con un colbacco che ha regalato al nonno. A me ha portato una spilla sulla quale c’è scritta ‘CCCP’. Mi ha detto che questo era il nome della Russia di qualche anno fa. Al nonno ha detto che quel capello è fatto con il visone e si chiama Nutria, allora zio Emanuele, che non viaggia mai ma vede sempre i documentari su Sky, ha preso il cappello, lo ha odorato sopra e sotto, fuori e dentro e ha detto che è di pelle di coniglio e si chiama Topa. Zio Roby ha fatto un sorrisino e ha detto che si sbagliava, l’altro ha detto che raccontava sempre frottole. Hanno cominciato a litigare, mi sono allontanato e ho acceso la tv, su Sky trasmettevano la partita della Juve e stavamo perdendo per due a uno contro il Napoli. Per fortuna ha pareggiato Matri. È stato un anno bruttissimo, non ci siamo qualificati nemmeno per l’Europa League.
Qualcuno mi salvi! Mi hanno ciullato la Juve!!!
Lu95 mi ha fatto vedere una foto delle sue dita piene di parole scritte: sull’indice *against war*; sul medio *internet free*; sul pollice *anarchy*; sull’anulare *freedom* e sul mignolo c’è scritto *peace.*
Simo is back!
Quando sono tornato di là, lo zio Roby, zio Emanuele, nonno Amos e il mio papà stavano sorseggiando la vodka, che lo zio aveva portato dalla Russia. Nonno diceva che era al gusto di arancia, lo zio Emanuele diceva che al gusto di limone, il mio papà, invece, aggiungeva al melone, mentre lo zio Roby suggeriva che non aveva il sapore di nessun frutto. Hanno cominciato a discutere ad alta voce, *what!?*
Sono ritornato a vedere la tv. C’era *Iron Man 2.*

Lu95: L’ape di Dylan dopo un mese di sequestro, gli si buca il serbatoio….io in risate e lui in bestemmie

Io: Mi disp.

Lu 95: NN

Devo smetterla di sentirla e buona sbronza tutti….

5 giugno

"Sto palleggiando: novantasette, novantotto, novantanove, cento".
Caro Gae, come mi sono divertito ieri sera. È stata la serata *wonderful of the year*. Sasà mi ha chiamato mentre stavo scendendo le scale, ero in ritardo e non mi volevo fermare, ma lui mi ha raggiunto e mi ha detto: "Senti stasera vado a vedere l'Italia a Modena, mi porta mio padre, Mattia non vuole venire, ho un biglietto in più, vuoi venire ?"
Ke bello!!! Ero così felice che l'ho abbracciato, lui mi ha detto di smetterla che è roba da gay. Tutta la mattinata non ho fatto che pensare a come chiedere il permesso ai miei genitori, tanto che le Percassi mi ha minacciato dicendomi che la scuola non è ancora finita, quindi bisogna studiare fino all'ultimo giorno, altrimenti ci rimane il debito per settembre.
A tavola papà non c'era, doveva finire un lavoro urgente. A mamma, dopo aver mangiato tutto senza protestare, anche la bietola bollita che non sopporto, ho chiesto il permesso di andare alla partita con Sasà e suo padre. Lei ci ha pensato un po', dopo ha telefonato alla mamma di Sasà e quando ero già pronto per andare al parco a giocare contro la squadra del Pinone, mi ha detto che mi lasciava andare se le promettevo di lavare i piatti domani a pranzo. Le sono saltato al collo per abbracciarla. Lei è diventata tutta rossa e per poco non cadevamo a terra. Mamma tvttttb!!!
La partita era alle 21 e noi siamo partiti alle sette. Alle otto e dieci eravamo già davanti allo stadio. La fila è stata lunga, ma io e Sasà ci siamo divertiti tanto. Avevamo la bandiera dell'Italia e suo papy ci ha comprato il panino con la porchetta, un pacco enorme di pop corn e un litro di coca. È stata una grande festa, mi sono divertito tantissimo. Hanno segnato Rossi, Cassano e Pazzini. Hanno giocato anche Chiellini, Marchisio e il nuovo acquisto Pirlo. Ho visto Giovinco. Non è vero che è basso, ha due gambe enormi e com'è agile con il pallone fra i piedi.
Quando sono tornato a casa ero tutto felice e ho raccontato tutto a mia madre, il mio papà era già andato a letto. È triste perché la Ferrari non riesce a vincere nemmeno una gara.

Questa notte ho segnato di giocare al Braglia e indossavo la maglia azzurra della nazionale, mi sono svegliato: mi avevi passato la palla. Abbiamo giocato insieme. Wow tu eri il mio capitano. Mi taggo di nuovo. TrOppO bello!!!

11 giugno

"Sto palleggiando: centouno, centodue, centotre e centoquattro".

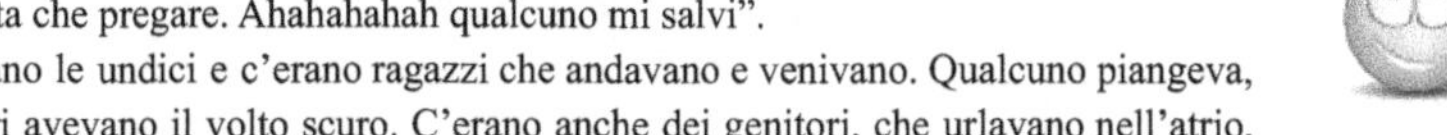

Caro Gae, wow la scuola è finita. Sono andato a vedere i quadri con mio cugino Loris, facevo tanto caldo. Loris giocando sul cell, ripeteva: "Ho studiato, non mi resta che pregare. Ahahahahah qualcuno mi salvi".
Erano le undici e c'erano ragazzi che andavano e venivano. Qualcuno piangeva, altri avevano il volto scuro. C'erano anche dei genitori, che urlavano nell'atrio, chiudendo di parlare con il preside. La bidella rispondeva seria: "Oggi il preside non c'è, torni domani", allora il papà urlava qualcosa contro gli insegnanti fannulloni e se ne andava pieno di rabbia. I più grandi, che hanno gli esami di stato, fumavano nervosamente, io cercavo di fare finta di niente, ma avevo un po' di paura, non vado troppo bene in fisica e in mate.
Alle dodici finalmente sono arrivare le altre bidelle, compreso mister Simpatia che ci ha fatto tutti indietreggiare verso il centro del cortile. Sono stati affissi i quadri. Tutti sono corsi verso i vetri dell'ingresso. Io camminavo piano, avevo un po' di fifa, Loris mi spingeva, aveva un appuntamento al centro con alcuni suoi amici. Oggi pomeriggio deve andare a Benedello a fare non so che cosa. Mi sono fatto più vicino e ho scorso con il dito fino ad arrivare alla mia classe. Avevo il cuore quasi in gola e voglia di andare al bagno, non voglio essere segato.
Ho letto il mio nome. 6 in italiano, 6 in latino, tutti sei anche in matematica e fisica. Otto in educazione fisica. Sono stato promosso, anche se i miei genitori sono stati convocati a colloquio con il prof di mate. Chissà cosa avrà loro da dire quello sfigato con la crozza pelata.
Ero così felice, che ho abbracciato Loris, ma lui mi ha detto di smetterla, mica siamo gay. È davvero antipatico mio cugino Loris, delle volte non capisce niente e come suo padre, zio Emanuele. Se n'è andato, salutando i suoi amici: "Ehi, ciao, Ttp! Buona sbronza a tutti".
Tornato a casa, su Facebook ho trovato un mess di Lu95:
"Come va vekkio? Vedi cosa ti riserva il futuro"

Poi non era più online. Ahahahahah! E che è sto diluvio?!! Era on e poi era off! Crazyyyyyyyyy!

7 Luglio

"Sto palleggiando: centotre, centoquattro, centocinque e vai……".

Il mare, finalmente, il mare. Caro Gae, sono partito per le vacanze. Per un mese sono ospite da alcuni parenti di mia mamma. Hanno una casa a Trebisacce. È una città balneare che si trova sul Mar Ionio, in Calabria. Ha la spiaggia piena di sassi grandi e taglienti, l'acqua è molto profonda. Ho fatto amicizia con un mio cugino Paolo, che tifa anche lui Juve e ogni pomeriggio facciamo le sfide a palleggi e poi a ricordare tutti i più grandi giocatori della Juve. Tu sei sempre il più forte difensore della mia Juve. C'è anche una mia cugina, si chiama Floriana, ma non mi fila per niente. Ha diciassette anni e un moroso che va all'università. È molto bella, con i capelli biondi e gli occhi verdi. Wow, trOppO bellaaaaaaa, quando mi parla divento tutto rosso. Ha un tatuaggio sulla schiena, sbuca dal costume e ha la forma di farfalla. Pazzoooooooooooooo! TrOppO crazy!!!

Il viaggio l'ho fatto in treno. Quando sono andato in stazione, il treno che volevo prendere era pieno, allora il mio papà mi ha fatto il biglietto di prima classe per il treno che partiva dopo. Avevo il biglietto per un posto in piedi in prima classe. C'era tanta gente e faceva caldo, mi sono seduto solo a Pescara. Ho conosciuto due ragazzi che venivano da Zurigo, mi hanno detto che là i treni hanno i bagni sempre puliti e tutti hanno il posto a sedere.

Su Faceboook:

Lu95: Ma vai al mare dai tuoi?

Io: Si

Lu95: Malato!!!

Io: ……..

Lu95: Malato!!! Ho fatto un tatuaggio a forma di farfalla

Non sono un cisti[9], stanotte me butto in mare, tanto io non arriverò mai a quarant'anni, ma sono sicuro diventerò campione mondiale di Yu-gi-oh ovviooooo… sul braccio mi farò un tatuaggio: *"Vincere non è importante è l'unica cosa che conta."*

Gazoooooooooooooooooo!

[9] Significato: uno che fa le cose di nascosto.

RINGRAZIAMENTI

Ringrazio tutti i miei familiari e i miei amici, i colleghi che mi hanno supportato ed aiutato nella realizzazione di questo volume, scritto nel 2010, quando insegnavo a Pavullo nel Frignano.
Ringrazio l'editore per la pazienza avuta nei miei confronti, illustrandomi le opportune scelte editoriali.
Ringrazio tutti i miei lettori che hanno prenotato online le copie di *Simo is back* e coloro che l'hanno prenotato presso di me, per la fiducia concessa alla mia ultima opera.
Ringrazio i miei figli Gregorio e Maria Teresa, i miei nipoti Antonella, Luigi e Michelino per i preziosi suggerimenti sul linguaggio giovanile.

Bibliografia di Michele Messina

Anno 1997, Dentro la città
Anno 2001, Good e altri racconti
Anno 2008, Salvate noi, non le balene
Anno 2012, Le stelle sono tante
Anno 2014, Il nipote di Rivera

www.ingramcontent.com/pod-product-compliance
Lightning Source LLC
LaVergne TN
LVHW052106160826
845678LV00015B/3394

* 9 7 8 8 8 3 1 9 6 2 2 9 2 *